Mein Vogel und mein Hund

Eine Geschichte für die Jugend

Anonym

Writat

Diese Ausgabe erschien im Jahr 2024

ISBN: 9789359946139

Herausgegeben von
Writat
E-Mail: info@writat.com

Inhalt

MEIN VOGEL.

KAPITEL I.

„Du hast uns oft versprochen, Mama, die Geschichte unseres hübschen Stieglitzes zu erzählen; ich wünschte, du würdest uns jetzt, da wir alle zusammen sind, den Gefallen tun", sagte Caroline Fitzallan eines Abends zu ihrer Mutter. „Wir haben alle Bücher gelesen, die Papa uns mitgebracht hat, und du hast uns versichert, dass du deine Geschichte bis dahin fertig haben würdest."

„Bete doch, Mama", riefen Charlotte und Henry mit Blicken voller gespannter Erwartung.

„Ich würde euch gern einen Gefallen tun, meine Kinder", sagte Mrs. Fitzallan, „aber zuerst müssen wir wissen, ob euer Vater damit einverstanden ist. Ihr solltet bedenken, dass ihr, während ihr eure eigene Befriedigung sucht, andere unbeabsichtigt ermüden könntet. Themen, die eurem Verständnis und Geschmack entsprechen, sind zu belanglos, um Personen reiferen Alters zu interessieren."

Caroline senkte bei diesem milden Tadel die Augen, und ihre stets nachsichtige Mutter bemerkte ihre Enttäuschung und sagte mit einem liebevollen Lächeln: „Was auch immer meine Kinder unterhält, muss mich interessieren. Also, ich bitte dich, meine Liebe, beginne mit deiner Geschichte, sobald es dir beliebt."

Ein dankbarer Kuss von jedem seiner blühenden Kinder war die Belohnung für seine Freundlichkeit, und die kleine Gruppe trat mit Blicken angenehmer Ungeduld näher ans Feuer.

Caroline holte ihr Netz hervor; Charlotte beschäftigte sich damit, Bilder für den Drachen ihres Bruders auszumalen; und der kleine Henry kletterte auf den Schoß seines Vaters, legte sein Gesicht an seine Brust und hörte mit stiller Aufmerksamkeit zu, während Mrs. Fitzallan das folgende kleine Manuskript von ihrem Schreibtisch zog und ihnen sofort vorlas:

DIE GESCHICHTE MEINES VOGELS ,

SOLLEN VON IHM SELBST GESCHRIEBEN SEIN.

„Als ich meine Augen zum ersten Mal im Licht öffnete, fand ich mich mit drei anderen Stieglitzen bequem in einem warmen Nest untergebracht. Eine liebevolle Mutter saß da und wachte mit ängstlicher Besorgnis über uns; und ihre Freude, als sie sah, dass ihr unreifer Nachwuchs sicher aus der Enge der Schale befreit war, drückte sich in lebhaften Zwitschertönen aus; ihre wunderschön bemalten Flügel breiteten sich in verzückter Eile aus, und ohne auf unsere schüchternen Klagen zu achten, flog sie von uns weg; aber ihre Abwesenheit war kurz; sie kam bald zurück und bewies ihre mütterliche

Fürsorge, indem sie uns Nahrung brachte, die unserem zarten Zustand entsprach und die wir uns nicht selbst besorgen konnten. Dies wiederholte sie, bis wir satt waren; dann setzte sie sich auf einen Ast über uns, schüttelte jubelnd ihr Gefieder und stieß einen Gesang tiefempfundener Freude aus.

„Der Baum, in dem meine Mutter unser Nest gebaut hatte, wuchs in der Nähe eines Bauernhauses, dessen Fenster auf den Obstgarten hinausgingen, dessen verlockende Früchte unzählige gefiederte Bewohner angezogen hatten. Eine junge Dame aus der Stadt, die die Tochter des Bauern besuchte, hatte oft den Wunsch geäußert, einen Stieglitz zu haben; und ihre Freundin, die zufällig mit ihr durch den Obstgarten streifte, blickte in diesem Moment auf und rief: ‚Jetzt wirst du bald einen Vogel haben, Eliza; denn ich glaube, ein Stieglitz hat gerade einige Junge in diesem Baum ausgebrütet, und ich werde einem unserer Männer sagen, er soll darauf aufpassen: Wenn sie flügge sind, sollst du die schönsten haben.‘

„Aber wäre es nicht grausam, sie ihrer Mutter wegzunehmen?“, fragte Eliza und ihre Augen füllten sich mit Tränen der Rührung.

„Fanny war zwar von Natur aus mitfühlend, aber an solche Dinge gewöhnt und betrachtete sie mit Gleichgültigkeit. Sie antwortete daher: ‚Nicht im Geringsten grausam, Eliza. Du wirst es sehr mögen und gut damit umgehen. Wo kann es dann schädlich sein? Wenn du es nicht nimmst, findet vielleicht ein boshafter Junge das Nest und foltert sie vielleicht alle zu Tode. Und was den alten Vogel betrifft, wird sie ihn bald vergessen und ein neues Nest bauen.‘

„Ich bin nicht ganz Ihrer Meinung“, sagte Eliza. „In meinen Augen rechtfertigt es mich nicht, grausam zu sein, nur weil ein anderer die Macht dazu haben könnte. Denn wissen Sie, meine liebe Fanny, ich könnte dieses arme Insekt ebenso gut mutwillig unter meinem Fuß zertreten und sagen, es ist egal – der Nächste, der hier vorbeikommt, wird es tun, wenn ich es nicht tue. Aber das wäre sehr barbarisch von mir, das müssen Sie zugeben.“

„Das ist allerdings die Wahrheit“, erwiderte Fanny. „Und ich bin sicher, dass ich mich nicht freiwillig einer barbarischen Tat schuldig machen würde. Aber Sie können einen dieser Vögel genauso gut haben wie jeden anderen, denn ich weiß, dass Dick sie hier beobachtet hat. Und da er sie als sein Eigentum betrachtet, wird er sie an Leute abgeben, die nicht ganz so gewissenhaft sind.“

„Wenn das der Fall ist“, sagte Eliza, „werde ich mir bestimmt wenigstens eins zulegen und ihm so schöne Melodien beibringen, dass du ganz entzückt sein wirst, wenn du mich in der Stadt besuchst.“

„In diesem Fall siegte Eliza ganz sicher über die Gebote der angeborenen Güte, weil sie sich selbst befriedigte. Die einfachste Sophisterei hat allzu oft die Macht, die Eingebungen der Tugend einzulullen; und noch in derselben Nacht wurde unser moosbedecktes Bett von der Hand eines mitleidlosen Bauern vom Ast gerissen und in einen wunderschönen Käfig aus Messingdraht gelegt. Wir beobachteten den Übergang mit Staunen und Schrecken. Die Pracht der Veränderung blendete unsere Augen; aber wir wussten, dass unsere neu erworbene Größe uns des süßesten Segens des Lebens beraubte – der Freiheit.

„Ein schwerer Regenschauer brachte unsere liebevolle Mutter nach Hause, in der Hoffnung, ihrem unreifen Nachwuchs Schutz zu bieten. Wir erhoben unsere schwachen Stimmen, um sie um Hilfe anzuflehen, denn die Nässe strömte über uns und wir zitterten vor den unangenehmen Gefühlen, die sie verursachte. Als unsere zärtliche Mutter unsere Lage bemerkte, stieß sie einen schrillen Schrei der Verzweiflung aus. Sie flog im vergeblichen Versuch, sich Zugang zu verschaffen, immer wieder um den Käfig herum. Sie pickte mit ihrem Schnabel auf den Draht und schlug mit ihrer flaumigen Brust dagegen. Ach! Wer kann sich den Schmerz ihres kleinen pochenden Herzens vorstellen, als sie sich ihres geliebten Schatzes beraubt sah! Sie verbrachte die ganze Nacht in traurigem Wehklagen und wagte nicht, uns zu verlassen, bis unsere durchdringenden Schreie nach Nahrung in ihren Ohren klangen und sie aus der Betäubung der Trauer weckten, in die sie gefallen war.

„Ihre Aufgabe war es, uns mit ausreichend Nahrung zu versorgen. Denn wir waren zu schwach, um die kleinen Häppchen zu suchen, die sie wahllos in den Käfig fallen ließ, und es kostete sie viele mühsame Reisen, bevor unser Hunger gestillt werden konnte. Wie wenig denken Kinder an die enorme Dankbarkeit, die sie ihren Eltern für ihre eifrige Fürsorge während ihrer hilflosen Kindheitsjahre schulden! Wie die liebevolle, gequälte Mutter sich in Stunden der Not oder Krankheit der Ruhe, der Nahrung, der Gesundheit oder des Vergnügens beraubt, um sich um die Bedürfnisse ihres Nachwuchses zu kümmern! O Jugend! Während dein Herz noch warm ist vor Mitleid angesichts dieses Bildes tierischen Elends, erinnere dich daran, ob du jemals durch stures oder unehrliches Verhalten der mütterlichen Brust, die dich mit solcher Sorgfalt und Zärtlichkeit aufgezogen hat, einen Schmerz zugefügt hast – wenn du dich in einem unbedachten Moment einer solchen Indiskretion schuldig gemacht hast, dann beschließe, nicht wieder zu sündigen; Denke daran, was deine Mutter für dich ertragen hat, und lass deine Tugenden die süße Belohnung für ihre Liebe und Fürsorge sein.

So vergingen fünf langweilige Tage. Unsere Kräfte nahmen zu, und das Wachstum unserer Federn ermöglichte es unserem Verfolger, Männchen und Weibchen zu unterscheiden. Da ich ein kräftiger und lebhafter Vogel war, wurde ich aus den anderen ausgewählt. Die anderen vier, die sich als Hühner erwiesen, durften fliegen, und die Freude unserer Mutter, ihre

Jungen wieder in Freiheit zu sehen, verhinderte, dass sie bemerkte, dass ich zu Gefangenschaft und Kummer verdammt war.

„Ich wurde aus meinem prächtigen Gefängnis in die Stube des Bauernhauses gebracht, wo ich mehrere Tage in einem kaum vorstellbaren Zustand des Schreckens und der Qual verbrachte, der der sanften Eliza die Befürchtung gab, ich könne nicht überleben. Mir wurde jede freundliche Aufmerksamkeit zuteil, die sie mir zukommen lassen konnte: Es wurde mit größter Sorgfalt darauf geachtet, dass ich nicht dem rauen Wetter ausgesetzt war, dass meine Behausung frei von Schmutz war und dass meine Nahrung mir vertragen wurde. Ich war dieser Freundlichkeit gegenüber nicht unempfindlich; aber ich lechzte nach Freiheit und versuchte mit meinem zarten Schnabel, die Gitterstäbe zu entfernen, die meine Flucht behinderten.

„Als ich merkte, dass all meine Kraft wirkungslos war, verfiel ich in einen Zustand düsterer Melancholie, den meine zärtliche Herrin durch Musik und süße Lieder zu zerstreuen versuchte. Schließlich gelang es ihr. Die Gewohnheit versöhnte mich mit meiner Situation, und da ich nicht entkommen konnte, beschloss ich, das Gute zu genießen, das mir nicht vorenthalten wurde. Murren würde wenig nützen; Geduld und Fröhlichkeit würden mich, das wusste ich, bei denen beliebt machen, die Macht über mich hatten, und ich war nicht ohne Hoffnung, dass es sie dazu bewegen würde, mir noch größere Nachsicht zu gewähren. Als ich diesen Entschluss einmal gefasst hatte, stellte ich fest, dass sich meine Gesundheit und meine Stimmung täglich verbesserten, und ich bemühte mich, meine Dankbarkeit für jede kleine Freundlichkeit, die ich erfuhr, durch lebhafte Lieder auszudrücken.

„Ich wurde bald von jedem Besucher gelobt und bewundert und lernte jeden Gast kennen. Ich wurde zahm und gefügig und fand bald eine Quelle der Unterhaltung in allen kleinen häuslichen Handlungen der Bewohner der Farm.

„Zur Familie gehörten Mr. Somers, ein so ehrenhafter Mann wie noch nie, seine Frau, Francis und Fanny, ihre Kinder, Miss Fitzallan und ihr Bruder, die zu Besuch waren und die, wie ich herausfand, durch die Verbindung von Eliza mit Francis Somers bald noch enger verbunden sein würden. Niemals wurde ein perfekteres Bild häuslichen Glücks geboten als das, das diese liebenswürdige Familie bot. Der Vater war ein Mann mit gutem Verständnis und angenehmen Manieren, fleißig, nüchtern und eifrig dabei, seinen Kindern, deren Wesen wahrhaft liebenswürdig war, Prinzipien der Rechtschaffenheit einzupflanzen. Miss Fitzallan war hübsch, lebhaft und gebildet; ihr Bruder ein junger Mann mit Temperament und einnehmendem

Aussehen; und ihre Anwesenheit auf der Farm belebte die Arbeit durch die Vergnügungen, die sie in den Stunden der Entspannung boten.

„Eliza hatte eine Gitarre mitgebracht, auf der sie jeden Abend spielte, wenn Somers mit seinem Sohn vom Feld zurückkam. Nach ein paar netten Melodien wurden Pfändungen oder ein netter Zeitvertreib eingeführt, und der Abend verging vergnügt. Manchmal unterhielt Eliza sie mit Rätseln und Scharaden, an eines kann ich mich, glaube ich, erinnern: Es war an Francis gerichtet und lautete wie folgt.“

„Entschuldigen Sie, Mama, aber bitte“, sagte Caroline zu Mrs. Fitzallan, „was soll eine Scharade bedeuten?“

„Es ist, meine Liebe, eine Art Rätsel, das auf einem zweisilbigen Wort basiert, von denen jede eine eigene Bedeutung haben muss. So können wir eine Scharade über ‚ *Haushund*‘ *machen, während es unmöglich wäre, eine solche über das Wort ‚ Freundlichkeit*‘ zu machen , da das letztere ohne die Verbindung mit dem ersteren keine Bedeutung hat.“

„Ich verstehe Sie, Mama“, antwortete Caroline. „Bitte lassen Sie uns Miss Fitzallans Scharade hören.“

FARCE.

„Nehmen Sie grobes Korn, aus dem Brot für die Armen gemacht wird,

Dann füge hinzu, wobei du mir oft geholfen hast;

Wenn Sie diese richtig miteinander verbinden, werden Sie sicher sein,

Eine alte Stadt zum Entdecken,

Zu dem ich jeden Sommer gerne zurückkehre,

Ich habe dort nie freundliche und großzügige Freunde gefunden.“

„Ich glaube, das erste muss Hafer sein“, sagte Charlotte.

„Ja, das ist eine grobe Getreidesorte“, antwortete Caroline, „aber welche Stadt beginnt mit dieser Silbe?“

Mrs. Fitzallan lächelte.

„Ich gebe Ihnen zehn Minuten zum Raten“, sagte sie. „Danach gehen wir zum Abendessen.“

Die zehn Minuten, in denen sie vergeblich rätselten, vergingen schnell; danach beantwortete sie ihre ängstlichen Fragen, indem sie ihnen das Wort *Rye-gate zeigte* . Alle wunderten sich, dass sie nicht erraten hatten, was so offensichtlich war, und sie gingen zu Bett, höchst amüsiert von dem, was sie gehört hatten. Caroline beteuerte, dass sie sich für den ersten Schilling, den sie von ihrem Papa bekommen könnte, ein Buch mit Rätseln und Scharaden besorgen würde.

KAPITEL II.

Ein sanftmütiger und gutmütiger alter Mann oder eine sanftmütige alte Frau, deren Geist eher keusch als streng ist und deren Manieren eher diskret als ernst sind, ist die anmutigste Zierde, deren sich die Menschheit rühmen kann, und das wirksamste Mittel, dessen sich die Tugend bedienen kann.

ROUSSEAU.

Am nächsten Abend, nachdem jeder seine Tagesbeschäftigung im Haushalt erledigt hatte, erzählte Mrs. Fitzallan, dem Wunsch ihrer jungen Familie entsprechend, die Geschichte des Stieglitzes weiter.

„Die heitere und gastfreundliche Art von Bauer Somers veranlasste ihn, bereitwillig jedem kleinen Plan zur Unterhaltung der jungen Leute nachzugeben, die weit davon entfernt waren, seine Anwesenheit als Einschränkung ihrer Vergnügungen zu empfinden, und nie so glücklich waren, wie wenn sie ihn, um ihn versammelt, zum Schiedsrichter ihrer Debatten oder Teilnehmer ihrer Vergnügungen machen konnten. Anders als der strenge Elternteil, dessen Stirn immer zu einem Stirnrunzeln zusammengezogen ist und dessen Schritte ausreichen, um die Köpfe seiner Kinder in Angst und Schrecken zu versetzen, wenn ihre Fehler einer Korrektur bedurften, besaß Mr. Somers die glückliche Kunst, mit so sanften Argumenten zu tadeln, dass sie überlegenes Urteilsvermögen bewiesen, ohne die Zuneigung zu verletzen, und beteiligte sich mit Elan an all ihren belanglosen Freizeitbeschäftigungen.

„Als Fannys Geburtstag näher rückte, versprachen die nachsichtigen Somers ihnen ein ländliches Jubiläum, und bald wurde die Farm zu einem Schauplatz angenehmen Treibens. Die Residenz dieser glücklichen Familie war ein hübsches, in modernem Stil erbautes Backsteinhaus, dessen Scheunen und Nebengebäude frei standen, um das Erscheinungsbild des Gebäudes nicht zu beeinträchtigen. Schiebefenster und die Fassade einer Treppe, die auf beiden Seiten mit Blumentöpfen geschmückt war, in denen eine Vielzahl blühender Pflanzen stand, werteten das Gebäude deutlich auf. Ein Rasenstück und ein Rand mit einem schönen Kiesweg zierten die Vorderseite des Hauses, um den herum der duftende Jasmin in wilder Üppigkeit wuchs. Auf der Wiese waren Tische für die ländlichen Gäste aufgestellt, die an diesem Tag mit besonders guter Laune und uneingeschränkter Freiheit, zu tun, was sie wollten, verwöhnt werden sollten – ein Privileg, das sie für ihren Herrn und seine Familie zu sehr schätzten, als dass sie es missbrauchten.

„Die willigen Hände von Fanny bereiteten die Leckereien zu, nachdem Mr. Somers zuvor dafür gesorgt hatte, dass der kräftige Appetit zuerst mit ausgezeichnetem, nahrhaftem Essen gestillt wurde. Jeder ehrliche Bauer hatte das Mädchen seines Herzens an seiner Seite und ihre herzliche Freude, die, obwohl in den ungeschliffenen Akzenten der einfachen Natur ausgedrückt, jedem Zuschauer ein Glühen der Freude vermittelte. Eine Pfeife und eine Trommel wurden nicht vergessen und Somers, inspiriert von der umgebenden Fröhlichkeit, holte seine Geige aus dem Kasten, in dem sie viele Jahre lang vergraben war, und erfreute sie mit wissenschaftlichen Klängen der Fröhlichkeit, während er den Meister durch den zuvorkommenden Gastgeber ersetzte und sie in der komplizierten Figur des Labyrinthtanzes unterwies, der von Miss Fitzallan und dem jungen Somers angeführt wurde, gefolgt von Fanny und dem Sohn eines benachbarten Bauern, der kürzlich die Erlaubnis ihres Vaters eingeholt hatte, sie anzusprechen. Sie setzten diese Unterhaltung mit Elan fort, bis der aufgehende Mond ankündigte, dass die Stunde der Ruhe nahte, und Mrs. Somers ein Signal gab, dass das Abendessen fertig war.

„Wir müssen unsere Vergnügungen einschränken, meine Kinder", sagte der Bauer. „Bei den Spielen von heute dürfen wir die Pflichten von morgen nicht vergessen. Das Gras ist bereits feucht, und selbst mitten im Feiern kann uns eine Krankheit strafen, wenn wir die Mahnungen der Vernunft missachten. Lasst uns nach Hause gehen und uns noch ein paar Stunden Zeitvertreib widmen, dem wir ohne Bedenken nachgehen können. Dann begeben wir uns zur Ruhe, zufrieden mit den Vergnügungen des Tages, und stehen am Morgen auf, fähig und gewillt, unsere zugeteilte Arbeit fortzusetzen."

„Dieser Wink genügte. Jeder führte seine willige Schöne zum Abendessenstisch, und es wurde gelacht und witzig geredet. Auf das Wohl der schönen Fanny und des wohlwollenden Gastgebers wurde mit wiederholten Hochrufen getrunken, und als Miss Fitzallan aufgefordert wurde, zu singen, trug sie ohne jede Affektiertheit das folgende Lied vor, das sie für diesen Anlass selbst komponiert hatte:

MELODIE – *An der blumigen Seite dieses Brunnens.* ROSINA.

„Glücklich in unseren heimatlichen Ebenen,

Der reine Inhalt gehört immer noch uns;

Höfische Sorgen und Neid

Für uns wird es lange unbekannt bleiben.

Lasst die Trommel munter erklingen,

Lasst die fröhlichen Glocken läuten;

Fröhliche Herzen und fröhliche Geister,

Segne die süße Fanny zum Geburtstag.

Refrain : Lasst die Lebhaften usw.

„Was ist der vergoldete Zustand der Mode?

Müßiger Pomp und Lametta-Glanz.

Können sie die Reize der Natur überwinden?

Können sie sich mit ihrer Freude vergleichen?

Lasst uns den sportlichen Spaß genießen,

Lasst uns die schönsten Blumen des Lebens pflücken.

Wir sind fröhlich und fröhlich,

Am Geburtstag der süßen Fanny.

Refrain : Lasst die Sportler usw.

„Wenn die glückliche Jugend

Zum Altar führt die Schöne,

Und versprach ihm seine Liebe und Treue,

Möge jedem ein Segen zuteil werden!

Trinke das herzerfrischende Bier,

Hier soll nichts als Freude herrschen;

Fröhliche Herzen und fröhliche Geister,

Segne die süße Fanny zum Geburtstag.

Refrain: „Ans Herz rühren usw.“

„Der alte Mann stimmte voller Freude in den Chor ein; und sein Beispiel wurde eifrig von den ehrlichen Bauern befolgt, deren rauhe Stimmen und ungehobelte Aussprache eine höchst komische Melodie bildeten und den kultivierteren Gästen unendliche Unterhaltung boten, unter denen man vielleicht eine junge Dame erwähnen muss, die Tochter von Sir George Norbury, von dem Somers die Farm gepachtet hatte. Zwischen dem jungen Fitzallan und Miss Norbury bestand seit mehreren Jahren eine Zuneigung, die inzwischen mit einer glücklichen Heirat gekrönt wurde.“

„Das waren, glaube ich, du und Papa“, rief Charlotte und sah ihre Mutter an.

„Das war es, meine Liebe. Und ich zähle diesen Tag zu den glücklichsten meines Lebens."

„Aus welchem Grund, Mama?"

„Ich werde es dir ein anderes Mal erklären, meine Liebe. Erlaube mir jetzt, mit der Geschichte von „My Bird" fortzufahren."

Die Zuneigung dieser jungen Leute beruhte auf der vollkommensten gegenseitigen Wertschätzung. Leider bin ich jedoch nicht in der Lage, dem neugierigen Leser einen weiteren Bericht über ihre Angelegenheiten zu geben, da ich wenige Tage nach dem Tag, an dem dieses ländliche Jubiläum stattfand, mit meiner jungen Herrin nach London zog und nun fortfahren muss, die Abenteuer zu erzählen, die mir dort widerfuhren.

„Miss Fitzallan hatte neben vielen liebenswerten Eigenschaften einen Fehler, zu dem viele junge Leute nur allzu sehr neigen – sie war äußerst achtlos. Was sie sich einmal am sehnlichsten wünschte und sich die größte Mühe gab, es zu bekommen, warf sie wenige Stunden nach dem Besitz wieder weg oder verlor es durch ihre Unachtsamkeit. In dieser tadelnswerten Weise verhielt sie sich mir gegenüber, als ich nach einer sehr ermüdenden Reise sicher in der Stadt ankam. Sie kaufte einen neuen und eleganten Käfig für mich und hängte ihn in ihr Lieblingsgemach, wo sie mich jede Stunde besuchte, mir Zuckerstücke brachte und mit einer silbernen Pfeife versuchte, mir neue Noten beizubringen; aber leider war diese Freundlichkeit nur von kurzer Dauer. Sie wurde der häufigen Wiederholung ihrer Besuche überdrüssig und hörte allmählich auf, dieselbe Freude daran zu empfinden, mich zu begleiten. Als nächstes übergab sie mich ihrer Dienerin mit der strengen Anweisung, mich nicht zu vernachlässigen; aber es gibt ein altes Sprichwort, das, wenn sie es beachtet hätte, mir unendlich zugute gekommen wäre. Es lautet: „Wenn du möchtest, dass etwas gut gemacht wird, dann tu es selbst."

„Tatsächlich hatte die Dienerin eine Menge zu tun, und der Mangel an Zeit, mehr als der Mangel an Lust, war die Ursache meiner Leiden. Ich war häufig gezwungen, schmutziges Wasser zu trinken; mein Samen war manchmal so knapp, dass es mir weh tat, ihn zu erreichen; und mein Käfig wurde so schmutzig, dass ich durch den unangenehmen Geruch sehr belästigt wurde; und meine Gesundheit hätte aller Wahrscheinlichkeit nach gelitten, wenn ich nicht kurz darauf freigelassen worden wäre.

„Eines Tages, als meine Herrin ausging, hielt es ihre Zofe für angebracht, einige ihrer Freundinnen einzuladen. Unter ihnen war ein kleines, widerspenstiges Mädchen, das selten darauf achtete, was man zu ihr sagte, und dessen Anwesenheit diese jungen Frauen behinderte, die ihre eigenen Geheimnisse ohne einen Zeugen ausplaudern wollten, der wahrscheinlich das Geschehene wiederholen würde. Unsere Dienerin forderte das Mädchen daher auf, in das Zimmer der Dame zu gehen, wo sie einen wunderschönen Vogel finden würde, mit dem sie so viel reden könne, wie sie wolle, aber nicht wagen dürfe, ihn zu berühren. Sally hörte diese Anweisung; doch kaum sah sie mich, als sie beschloss, ungehorsam zu sein, und öffnete sofort den Käfig, nahm mich in ihre Hände, um jede Feder einzeln zu bewundern. Mit heftigem Kampf befreite ich mich aus ihrem Griff und flüchtete durch das offene Fenster, während sie sie in aller Ruhe ihren Ungehorsam beklagen ließ.

„Niemals werde ich die verzückten Gefühle vergessen, die ich empfand, als ich zum ersten Mal in meinem Leben die Süßigkeiten der Freiheit kostete und hoch in die Lüfte schwebte. Ich setzte mich auf einen Baum, flog von Ast zu Ast und sang die melodischsten Töne der Freude. Unvorsichtig wie ich war! Ich wusste nicht, welche Gefahren mich erwarteten. Wie viele andere junge und rücksichtslose Geschöpfe murrte ich über diese Zurückhaltung, die zu meinem Besten war. Ich war verhätschelt und verwöhnt worden, bis ich mir einbildete, die ganze Welt würde meinen Bedürfnissen gleichermaßen Aufmerksamkeit schenken. Ich erkannte meinen Fehler und stürzte mich, ungeduldig über den Rückschlag, in noch größere Übel als die, über die ich mich bisher beschwert hatte. Es stimmte, ich hatte meine Freiheit gewonnen, aber das war alles, womit ich prahlen konnte. Ich hatte kein Zuhause – keine Verwandten und ich fand keine Freunde. Ich war ein Fremder in einem großen Stamm, der mich als unverschämten Eindringling betrachtete und mich mit mitleidsloser Gehässigkeit von Baum zu Baum trieb.

„Die Nacht brach herein – die durchdringende Kälte durchzuckte meinen zarten Körper, der an den Schutz eines warmen Zimmers gewöhnt war, und ich beklagte bitterlich meine Indiskretion. In der Eile meiner Flucht hatte ich vergessen, das Fenster zu beachten, aus dem ich flog; und ich wusste genau, dass es vergeblich sein würde, wenn ich versuchte, es wiederzuerlangen. Ich verbrachte die Nacht in einem Zustand unbeschreiblichen Elends, eingekuschelt unter einem Busch, der im Garten eines schäbig aussehenden Hauses wuchs.

„Eine Zeit lang war ich mir meines Unglücks nicht mehr bewusst, wurde dann aber durch einen heftigen Schock aus meinem Schlummer gerissen. Ach! Stellen Sie sich meine Qual und meinen Schrecken vor, als ich mich in den tödlichen Klauen einer großen getigerten Katze befand! Puss hätte an diesem Morgen zweifellos ein köstliches Frühstück zubereitet, wenn nicht die Vorsehung eingegriffen und den Hausherrn in diesem für mich kritischen Moment in den Garten geschickt hätte. Auf ein Wort dieses Mannes, der das Tier völlig unter Kontrolle hielt, ließ Grimalkin mich los und ließ zu, dass ihr Herr mich in die Hand nahm, während sie ihn umschnurrte, offensichtlich vor Freude über das, was sie getan hatte.

„Nach einer kurzen Untersuchung wurde ich ins Haus gebracht und in einen Käfig von merkwürdiger Konstruktion in einem Raum gesperrt, in dem sich etwa hundert Vögel verschiedener Arten befanden. Es dauerte nicht lange, bis ich erfuhr, dass mein gegenwärtiger Besitzer ein Vogelliebhaber war; und bald darauf war es mir bestimmt, die erlesensten Folterungen zu ertragen, um mir eine Vielzahl von Tricks und Anmutungen beizubringen, die ich vor einem Fremden zu sehen bekam, wie zum Beispiel einen Eimer Wasser hochzuschöpfen, auf einem Bein mit einer Papierpistole unter meinem Flügel zu stehen und mich wie ein Seiltänzer um meine Stange zu drehen. Diese Leistungen mögen zwar für einen rücksichtslosen Zuschauer unterhaltsam sein, werden aber, da bin ich mir sicher, dem fühlenden Herzen nur wenig Freude bereiten, wenn er die Folterungen kennt, die einem zarten, widerstandslosen Tier zugefügt werden, wenn er hört, wie unsere zarten Glieder zu Tode verdreht oder mit glühenden Stricknadeln gereizt werden. Aber warum sollte ich den empfänglichen Geist durch ein winziges Detail solcher Barbareien schockieren? Schon jetzt sehe ich in Gedanken, wie das mitleidige Auge eine Träne auf die Seite fallen lässt – das großzügige Herz vor Empörung pocht. O Sensibilität! Süße Insassin der menschlichen Brust! Mögen deine sanften Gebote schon beizeiten die Gemüter meiner jungen Leser beeindrucken – mögen sie sich mit Abscheu von jeder Szene grausamen Sports abwenden und dem glorreichen Beispiel ihres gesegneten Erlösers in Sanftmut und Barmherzigkeit folgen!

„Ich hoffe, es wird meinen Leser zufriedenstellen zu erfahren, dass ich bald darauf von solchen Verfolgungen durch eine alte Jungfer befreit wurde, die sich für mich interessierte und mich zu einem exorbitanten Preis kaufte. Meine Freude über den Tausch kann man sich leicht vorstellen; und ich wurde so zahm, dass ich, da ich ein besonderer Liebling war, mit dem ganzen Geschirr des ganzen Zimmers verwöhnt wurde und es mir erlaubte, beim Frühstück den Zucker aus ihrer Tasse zu picken. So folgen sich in den Wechselfällen der wechselhaften Szene des Lebens Luxus und Elend abwechselnd auf den Fersen.

„Die Launen und Einfälle dieser alten Dame würden denen, die sich daran erfreuen, die Schwächen der menschlichen Natur lächerlich zu machen, reichlich Abwechslung bieten. Ich für meinen Teil halte keine Praxis für so verachtenswert; außerdem sollte Dankbarkeit diejenigen zurückhalten, die vom Brot ihrer Vorgesetzten essen und aus dem Kelch ihrer Vorgesetzten trinken, insbesondere (wie es bei meiner Herrin der Fall war), wenn ein gutes Herz eine Reihe von Eigenheiten reichlich kompensiert.

„Der Tod meiner ehrwürdigen Besitzerin übergab mich erneut in neue Hände und ich wurde das Eigentum ihrer Nichte, Mrs. Torrent, bei der ich wieder einmal jeder Art von Misshandlung ausgesetzt war, die ich ertragen konnte. Diese Dame hatte drei Kinder, mürrisch, schlecht erzogen und widerlich. Jeder Besucher wurde durch ihre Unverschämtheit gequält, jedes Hausmädchen der Sklave ihrer Launen und jedes stumme Tier das Objekt ihres boshaften Zeitvertreibs. Um diesen kleinen Schurken eine Freude zu machen, wurde ich aus meinem Käfig geholt, eine Schnur wurde an meinem schlanken Bein befestigt, an der Master Tommy ein Pappspielzeug befestigte, das er einen fliegenden Harlekin nannte und dessen Gewicht mir extreme Schmerzen bereitete. Dennoch war ich gezwungen, es herumzuschleppen; und wenn ich meine Aufgabe nicht zu seiner Zufriedenheit erfüllte, wurde ich mit einer Nadelspitze zum Gehorsam gezwungen. Zu anderen Zeiten drehte Miss Sophy meinen Käfig im Kreis, bis ich von meiner Stange fiel, krank, schwindlig und dem Tode nahe.

Diese und solche tyrannischen Vergnügungen wurden ihnen von ihren törichten und nachsichtigen Eltern gestattet, und ich wäre aller Wahrscheinlichkeit nach das Opfer ihrer Grausamkeit geworden, wenn ich nicht schließlich das Glück gehabt hätte, zu entkommen.

„Wieder hatte ich die weite Welt vor mir, und wieder war mein Leben durch einen gierigen Raubvogel gefährdet, der mich sah und verfolgte. Mit der größtmöglichen Geschwindigkeit, deren meine Flügel fähig waren, flog ich über Berg und Tal; aber trotz all meiner Geschwindigkeit hätte mich mein gefürchteter Feind unweigerlich einholen müssen, hätte ich nicht glücklicherweise eine junge Dame am Fenster sitzen sehen, in das ich sofort hineinflog und mich an ihre Brust schmiegte. Überrascht und erschrocken stieß sie einen lauten Schrei aus; aber das Herzklopfen, das zuvor meine Brust erschüttert hatte, verwandelte sich in Verzückung, als ich bemerkte, dass meine Verfolgerin beim Klang ihrer Stimme erschrocken zurückwich; und meine Freude wurde noch weiter gesteigert, als ich in meiner schönen Retterin meine frühere Geliebte Eliza Fitzallan entdeckte, damals Mrs. Somers; die Verbindung der jungen Liebenden hatte seit meiner Flucht stattgefunden.

Im selben Raum waren Fanny und ihr Mann sowie Mr. und Mrs. Fitzallan versammelt. Mein Glück war vollkommen, als Eliza mich eine Zeit lang aufmerksam betrachtete und dann dem jungen Somers erklärte, ich sei der Vogel, den sie von der Farm mitgebracht hatte.

„Ich erkenne ihn“, sagte sie, „an der besonderen Form einer seiner Krallen, die beim Schlüpfen verletzt worden sein muss. Und da ich mein hübsches Geschöpf nun gefunden habe, werde ich mich um es kümmern.“

„Ich denke, Eliza“, sagte ihr Mann, „du solltest es lieber Mrs. Fitzallan geben. Du fährst zurück aufs Land, wo es uns an Vögeln nicht mangeln wird, und ich denke, Mrs. Fitzallan wird mehr Wert darauf legen als auf irgendein anderes, das sie kaufen könnte.“

„Ach, Sie wissen, ich bin ein sorgloses Wesen. Aber jetzt, wo ich mich eingelebt habe, werde ich mich bessern, das versichere ich Ihnen. Meine Schwester soll jedoch den kleinen Flatterer haben, wenn sie will."

„Ich wurde dementsprechend in den Schutz von Mrs. Fitzallan überstellt, bei der ich seither ein williger und glücklicher Gefangener bin und mit der ich hoffe, meinen Lebensabend mit ihr zu beenden, der sich nun dem Ende zuneigt, da ich gegenwärtig schon weit vorgerückt bin.

„Eliza hat ihr Wort gehalten. Sie hat den Fehler jugendlicher Rücksichtslosigkeit erkannt und ist jetzt eine äußerst vorbildliche Ehefrau. Und ich habe das Glück, alle meine ersten Freunde glücklich und geachtet zu sehen."

„Eine berühmte Geschichte, auf mein Wort", rief Fitzallan lächelnd. „Ich zolle Ihnen Anerkennung für Ihren Einfallsreichtum, obwohl ich zugeben muss, dass ich eine leichte Neigung verspüren würde, Kritiker zu werden, wenn ich mir nicht Ihre Aufrichtigkeit für ein kleines Stück meiner eigenen Schriften sichern möchte. Morgen Abend werde ich mit meiner Erzählung beginnen, und diese Lieblinge werden entscheiden, welche am interessantesten ist."

Dann küsste er seine kleine Familie voller Zuneigung und die Kleinen zogen sich zur Ruhe zurück.

MEIN HUND
ODER
DIE ABENTEUER VON ROVER.

KAPITEL III.

Am folgenden Abend, als die Familie wie gewöhnlich im Salon versammelt war, begann Mr. Fitzallan seine versprochene Geschichte wie folgt:

„Vor etwa zwölf Jahren kannte man in Boston, in Nordamerika, einen Jungen, der wegen seines Vagabundenlebens den entwürdigenden Beinamen Dirty Barnaby trug. Er wurde von der Gemeinde versorgt, war aber so missgestaltet und sah so abstoßend aus, dass ihn niemand als Lehrling aufnehmen wollte. Er musste sich seinen kargen Lebensunterhalt verdienen, indem er für die Einwohner so niedere Arbeiten verrichtete, wie es kaum jemand tun würde. Dieses Unglückskind war für alle Jungen des Ortes die Zielscheibe des Spotts; und die Härten und Schande, denen er ständig ausgesetzt war, ließen in seinem Geist eine Art düstere Düsterkeit entstehen, die sein grobschlächtiges Gesicht noch unschöner machte.

„Das einzige Objekt, dem er die geringste Freundlichkeit oder Zuneigung entgegenbrachte, war ein großer Hund, der ihm überallhin folgte, und der geduldig die Tritte seines weniger gefügigen Herrchens mittrug und ebenso brav seine traurige Mahlzeit aus schimmeligen Stückchen mit ihm teilte.

„In derselben Nachbarschaft lebte ein junger Herr, den ich mit dem Namen Theodore bezeichnen werde, der für seine persönlichen Vorzüge ebenso bemerkenswert war wie der arme Barnaby für seine Missgestalt. Er hatte sich oft gefragt, wie ein so erbärmliches Wesen in den Besitz eines so schönen Hundes kam, und befragte ihn eines Tages sehr freundlich zu diesem Thema.

„Bitte, mein Junge", sagte er mit einer freundlichen Stimme, an die der Junge kaum gewöhnt war, „wie heißt dein Hund?"

„Rover, Sir."

„Hast du ihn schon lange?"

'2 Jahre.'

„Wurde er Ihnen von irgendjemandem hier gegeben?"

„Denken Sie, ich hätte ihn gestohlen, Sir?"

'Ich hoffe nicht.'

„Nein, Sir, das habe ich nicht. Ich bin zwar arm und hässlich, aber ich danke Gott, dass ich ehrlich bin."

„Das ist ein guter Junge. Aber wo hast du den Hund her?"

„Er kam zu mir, Sir."

„Zu dir gekommen! Das ist sehr unwahrscheinlich.“

„Sir, ich würde um nichts in der Welt lügen.“

„Ich bewundere Ihre Integrität, aber ich möchte wissen, wie Sie an den Hund gekommen sind.“

„Sir, ich werde es Ihnen erzählen. Einige bösartige Jungen hatten eines Tages einen alten Kessel an den Schwanz des armen Tieres gebunden, das erschrocken und gequält auf und ab lief, bis ich dachte, es würde verrückt werden. Wütend über ihre Barbarei zog ich meine zerlumpte Jacke aus, sammelte alle Steine zusammen, die ich halten konnte, und bewarf die Jungen so heftig, dass die meisten von ihnen davonliefen. Die Grausamen sind immer Feiglinge, Sir; daher hatte ich keine großen Probleme, gegen die anderen zu kämpfen. Ich besiegte drei von ihnen und trug das arme Tier außer ihrer Reichweite. Als ich Rovers blutenden Schwanz befreit hatte, leckte er mir dankbar die Hände. Ich küsste ihn und weinte über ihn, denn ich war es gewohnt, selbst schlecht behandelt zu werden, Sir. Rover schien entschlossen, mich nicht zu verlassen; und wenn es mein letzter Bissen gewesen wäre, hätte ich ihm das Stück Fleisch, das ich für mein Abendessen in Papier eingewickelt hatte, nicht abschlagen können. Nun, Sir, ich habe nie einen Besitzer für Rover gefunden; deshalb habe ich ihn seitdem behalten. Viele Leute haben versucht, ihn von mir wegzulocken, und ihm geht es ziemlich schlecht, dem armen Kerl; dennoch würde er lieber verhungern, als mich zu verlassen, und es schmerzt mein Herz, wenn ich sehe, wie seine Rippen fast aneinander kleben.‘

„Theodore konnte seine Tränen bei dieser einfachen, rührenden Geschichte nicht zurückhalten. Er war gerührt von der Großzügigkeit und Sensibilität, die dieses arme Naturkind an den Tag legte, und war für einige Augenblicke unfähig, eine Antwort zu geben. Schließlich fragte er Barnaby, ob er seinen Hund verkaufen wolle. – ‚Ich habe eine halbe Guinee in der Tasche‘, sagte er, ‚und wenn Sie mir Rover überlassen, gehört er Ihnen. Sie können auch sicher sein, dass ich mehr für Sie tun werde, wenn ich dazu in der Lage bin.‘

„Sie sind ein großzügiger junger Herr, Sir“, sagte Barnaby, „und ich habe Sie immer geliebt, weil Sie so zärtlich aussahen und nie mit den anderen Jungen mitgelacht haben. Wenn ich auf meinen Hund verzichten könnte, sollten Sie ihn haben, denn ich bin sicher, er wäre bei Ihnen besser aufgehoben; aber tatsächlich, Sir, ich kann es nicht ertragen, mich von ihm zu trennen. Ich hoffe, Sie werden mir nicht böse sein.“

„O nein, wütend“, antwortete Theodore. „Um Ihnen zu zeigen, dass ich es nicht bin, nehmen Sie diese halbe Guinee und kaufen Sie sich und Rover ein gutes Abendessen.“

„Gott segne Sie, Sir!“, rief Barnaby.

Das war alles, was er sagen konnte. Dann wandte er sich hastig ab, die Tränen in seinen Augen.

„Theodores freundliche Art hatte eine noch stärkere Wirkung auf ihn als sein Geld. Theodore war auf dem Heimweg, als er an der Ecke der Straße, in der er lebte, wieder auf Barnaby traf, der einen Rundgang um die Häuser gemacht hatte und ihm nun eilig entgegenkam.

„Sie müssen den Hund haben, Sir", sagte er mit fester Stimme. „Ich kann Ihr Geld nicht umsonst annehmen. Aber Sie müssen ihn in Ihrer Nähe behalten, sonst läuft er weg. Wenn er jedoch zu mir zurückkommt, werde ich ihn zurückbringen. Und ich hoffe, Sie lassen mich manchmal einen Blick auf ihn in der Küche oder im Stall werfen."

„Du wirst ihn jeden Tag sehen", erwiderte Theodore, der mit der Vereinbarung und dem edelmütigen Jungen, hinter dessen missgestaltetem Äußeren sich ein so wertvolles Herz verbarg, sehr zufrieden war.

„Errötet, oh ihr Kinder der Eitelkeit! angesichts dieser einfachen Wahrheit; greift nicht zu eurem Spiegel, um euch selbst zu gefallen, und erachtet Hässlichkeit fortan nicht als unvereinbar mit der Tugend.

„Barnaby zog sich zurück und warf viele sehnsüchtige, lange Blicke auf den armen Rover, der, durch Theodores seidenes Taschentuch gesichert, versuchte, sich zu befreien und widerstrebend ins Haus gezwungen wurde. Es folgten ein paar Tage der engen Gefangenschaft; und schließlich versöhnten ihn gutes Essen, die Annehmlichkeiten eines warmen Kamins und freundliche Behandlung mit seinem neuen Herrn und jedem Bewohner des Hauses, mit dem er bald aufs vertrauteste verkehrte. Er war sofort Herr der Küche und ein gern gesehener Gast im Salon. Seine einnehmenden und gelehrigen Manieren machten ihn zu einem Gegenstand der Bewunderung für jedermann, und anders als viele, die plötzlich aus Armut in Wohlstand aufsteigen, vergaß er seinen früheren Wohltäter nicht, sondern stieß beim ersten Mal, als er ins Haus kam, ein lautes Freudengebell aus, sprang bei jedem Zeichen der Zuneigung auf ihn und konnte nur schwer davon abgehalten werden, erneut dem Schicksal seines bescheidenen Herrn zu folgen.

„Die Härten, unter denen der arme Barnaby früher gelitten hatte, waren durch die freundliche Großzügigkeit des liebenswürdigen Theodore sehr gemildert worden. Er hatte dafür gesorgt, dass er mit gesunder Nahrung und ordentlicher Wechselkleidung aus seiner eigenen Garderobe versorgt wurde. Und da der Junge in der Armenschule Lesen und Schreiben gelernt hatte und nun zu alt für eine handwerkliche Lehre war, gab Theodore ihn einem alten

Freund und Schulkameraden, der einwilligte, ihn als Diener aufzunehmen und ihn mit nach England nahm.

„Wir müssen jetzt eine Zeitspanne von drei Jahren überspringen, in der Theodore die Größe und Reife eines Mannes erlangte und eine enge Bindung zur Familie von Sir George Norbury aufbaute, dessen bezaubernde Tochter bald seine Zuneigung erregte und im Gegenzug ihre Zuneigung dem würdigen jungen Mann schenkte.

„Es ist vielleicht nicht unnötig, hier zu erwähnen, dass die frühen Ausschweifungen des Baronets sein Vermögen erheblich gemindert hatten, und er hoffte, dies durch eine vorteilhafte Verbindung für seine Tochter wiedergutzumachen. Da ihn der Familienstolz bei dem Gedanken schaudern ließ, in Vergessenheit zu geraten, nachdem er den Ruf von Rang und Reichtum genossen hatte, beschloss er, die bestehende Zuneigung zwischen den jungen Leuten zu beenden, sobald er entdeckte, dass eine Bindung zwischen ihnen bestand. Zu diesem Zweck brachte er seine Tochter aus Theodores Reichweite, indem er sie nach England brachte, da Theodores Eltern zwar vornehm, aber nicht wohlhabend waren und man von ihm als jüngerem Sohn nicht erwarten konnte, dass er sehr großzügig versorgt würde. Der junge Fitzallan war tatsächlich für die Marine bestimmt und hatte vier Jahre als Fähnrich gedient; aber ein unerwarteter Frieden hatte dazu geführt, dass er bezahlt wurde, und er galt nun als unwillkommene Belastung für seine Familie.

„Der Krieg eröffnete Theodore erneut eine Perspektive, und sein Vater beorderte ihn nach London, um sich um eine Anstellung bei der Marine zu bewerben. In Begleitung seines treuen Hundes setzte er seinen Weg leichten Herzens fort und landete nach einer erfolgreichen Reise in England, seiner Heimat.

„Der Abend war schon weit fortgeschritten, als das Schiff in den Hafen einlief. Theodore, der es kaum erwarten konnte, so weit wie möglich in die Stadt zu kommen, nahm sofort eine Postkutsche. Sein ganzer Geist war mit der angenehmen Vorstellung beschäftigt, Miss Norbury in London zu sehen. Er war schon zwei Etappen weit gekommen, als ihm auffiel, dass er seinen treuen Rover nicht in der Kutsche dabeihatte. Weiter zu gehen war jetzt unmöglich – um sein Leben wollte er das arme Tier nicht in einem fremden Land zurücklassen. Also besorgte er sich frische Pferde, um zurückzukehren, egal, was ihn die Kosten und die Verzögerung kosteten. Dichter Nebel verdunkelte jetzt die Atmosphäre und machte es unmöglich, irgendein Objekt in einer Entfernung von einem Meter zu erkennen. Der Postjunge erklärte, es sei eine ‚verdammte Nacht für eine Reise in solch einer verdammten Eile und das alles für einen dummen Hund, der ihm, wenn er nur einen *Funken Verstand hätte* , sicher nach London folgen würde‘. Aber

Fitzallans Entschluss war unerschütterlich. und mit der ganzen rücksichtslosen Heftigkeit eines Seemanns schwor er dem Postjungen Gehorsam ein.

„Die Peitsche schlug nun auf die schlaffen Flanken der erschöpften Tiere, die, ermüdet von einem Tag harter Arbeit und aufgeschreckt durch einen flüchtigen Moment der Ruhe, ihre steifen Glieder kaum noch vorwärts schleppen konnten. Theodore steckte jede Minute seinen Kopf aus dem Fenster, um abwechselnd den Fahrer zum Weiterfahren zu ermutigen oder dem umherirrenden Flüchtling zuzupfeifen und zuzujubeln.

„Es erschien kein Rover, und Theodores Ungeduld wuchs, bis sie plötzlich durch einen heftigen Krach gebremst wurde, mit dem die Kutsche einen steilen Abhang hinunterstürzte, und Fitzallan erlitt eine Prellung am Kopf, die ihn für einige Augenblicke des Gefühls beraubte. Der Postillon zog ihn mit Mühe aus der Kutsche, kratzte sich mit stoischer Kälte am Kopf und sagte: ‚Ich bin sicher, Euer Ehren, es war nicht meine Schuld; Sie wollten, dass ich mit solch einer unverschämten Geschwindigkeit fahre, obwohl ich die Nase in meinem Gesicht nicht sehen konnte. Ich bin auch sicher, dass die armen *Viecher* grausam gelitten haben, denn ihre Seiten bluten wie verrückt.‘

„Ich sehe meinen Fehler ein, jetzt ist es zu spät, mein Junge“, sagte Theodore mit einem Seufzer der Qual, „und werde zu Recht für meine gedankenlose Unmenschlichkeit bestraft; aber Murren wird unsere Schwierigkeiten nicht beheben. Was ist zu tun?“

„Das ist das Rätsel, Euer Ehren; die Kutsche ist völlig zerstört, und obwohl ich zu … fahren *könnte* , wäre es moralisch unmöglich, Euer Ehren in einem so blutenden und vernarbten Zustand zu erreichen. Bei Gott, mir ist gerade ein glücklicher Gedanke gekommen. Ich sehe gerade ein Licht in einem Fenster schimmern; das Haus kann nicht weit weg sein; warten Sie hier mit dem Vieh, und ich werde es aufspüren und sehen, ob sie bereit sind, etwas für uns zu tun.“

Theodore stimmte dem sofort zu, der Postjunge rannte los und kam bald mit der erfreulichen Nachricht zurück, dass der Herr jede Unterkunft, die er sich leisten könne, in Anspruch nehmen könne.

„Also, Sir“, fügte der Postillion hinzu, „wenn es Ihnen recht ist, werde ich Ihnen weiterhelfen, und dann kann ich mit den Pferden weiterfahren.“

„Theodore empfand trotz seiner Krankheit Mitleid mit den armen, gequälten Tieren, drückte ihm eine Krone in die Hand und bat ihn, im nächsten Gasthof an der Straße anzuhalten und sie zu erfrischen.

„Sie waren inzwischen an der Tür eines geräumigen und eleganten Herrenhauses angekommen, wo ein Diener mit einem Licht wartete und ihn in ein prächtig möbliertes Wohnzimmer führte. Theodore hätte sich zurückgezogen.

„Ich muss hier ein Eindringling sein", sagte er; „weisen Sie mir einen Ort, der meiner gegenwärtigen Lage besser entspricht. Ich fürchte, Ihre Menschlichkeit veranlasst Sie, ohne Erlaubnis des Hausherrn zu handeln."

„Das tue ich allerdings nicht, Sir", antwortete der Mann. „Unser Peter wurde zu meinem jungen Herrn geschickt, um ihm von Ihrem Unglück zu berichten. Er hat sich zwar für die Nacht zurückgezogen, da er nach der langen Reise sehr erschöpft ist, bittet Sie jedoch, das Angebot einer Unterkunft nicht abzulehnen. Außerdem hat er uns angewiesen, Ihnen jede Aufmerksamkeit zu widmen, die Ihre Situation erfordert."

„Ich bin Ihrem Herrn für seine Höflichkeit und Gastfreundschaft unendlich dankbar. Darf ich Sie bitten, seinen Namen zu erfahren?"

„Baron Montgomery, Sir."

„Theodore griff in die Tasche, um eine Karte herauszuholen, doch die Müdigkeit und die Anstrengung hatten ihn so überwältigt, dass er ohnmächtig wurde. Als er wieder zu sich kam, fand er sich im Bett wieder. Man hatte ihm geeignete Blutstillungsmittel verabreicht, um die Blutung zu stoppen, und ihm wurden kräftigende Stärkungsmittel verabreicht, die ihm wirklich Erleichterung verschafften.

„Dann zog sich der junge Mann zurück und ließ ihn ruhen. Als er sich für die Nacht von ihm verabschiedete, sagte er: ,Wenn Sie etwas brauchen, Sir, klingeln Sie bitte; die ganze Nacht wird jemand auf sein.'

„Nicht meinetwegen, hoffe ich", sagte Fitzallan.

„Nein, Sir. Mein alter Herr ist heute um zwei Uhr verstorben. Einer der Diener wacht über die Leiche, die sich im Zimmer darunter befindet."

„Sehr gut", erwiderte Theodore und wünschte dem Mann eine gute Nacht.

„Nachdem Fitzallan einige unruhige Stunden verbracht hatte, fiel er in einen Dämmerzustand, aus dem er durch ein Geräusch aufgeweckt wurde, das er als Schritte auf der Treppe erkannte. Er nahm an, dass jemand kommen würde, um zu fragen, ob er etwas wollte, und erwartete jeden Moment die Ankunft eines Dieners. Die Schritte verklangen jedoch, und er versuchte erneut, sich zum Schlafen zu beruhigen, als er eine Wiederholung desselben Geräusches hörte, gleichzeitig begleitet von einer Art Atmen, das an seiner Tür innezuhalten schien.

„Ein gewisser Aberglaube hatte sich schon sehr früh in Theodores Geist eingeschlichen, aufgrund der unsachgemäßen Behandlung derer, die mit der Fürsorge seiner Kindheit betraut waren. Er erinnerte sich, dass der alte Baron an diesem Tag um zwei Uhr gestorben war; und als er auf seine Repetieruhr klopfte, stellte er fest, dass es genau dieselbe Stunde war. Der schwache Zustand seines Körpers wirkte sich auch auf seine Stimmung aus; er verfiel in einen Zustand der Ängstlichkeit, den er nicht überwinden konnte.

„Seine Angst wurde noch durch ein Geräusch verstärkt, das den Raum erschütterte und das so schien, als ob ein Teil davon nachgegeben hätte. Mit stockender Stimme artikulierte er: ‚Wer ist da?‘, aber es kam keine Antwort. Das leise Atmen war wieder zu hören, und im nächsten Moment drückte etwas Eiskaltes gegen seine Wange, und eine schwere Last schien auf seinem Bauch zu liegen. Theodore, der seine Ängste nicht mehr beherrschte, klingelte und stieß einen heftigen Angstschrei aus, der innerhalb weniger Minuten eine alte Frau mit einer Lampe ins Zimmer rief, und sofort entdeckte er, zu Fitzallans gemischtem Erstaunen, Scham und Freude, in dem Objekt seiner grundlosen Angst seinen treuen Hund!“

„Lieber Papa!“, rief Caroline, die während der Erzählung näher an ihre Mutter herangekrochen war und vor Angst erbleichte, „wie froh bin ich, das alles zu hören! Ich dachte wirklich, es wäre ein Geist gewesen.“

„Mein liebes Kind“, erwiderte Fitzallan, „habe ich dich nicht oft vor der Torheit gewarnt, solchen schwachen Ängsten nachzugeben? Der Besitzer eines tugendhaften Herzens hat nachts nicht mehr zu fürchten als tagsüber; und obwohl ich in dem von mir geschilderten Fall furchtsam genug war, meine Ängste meine Vernunft besiegen zu lassen, muss ich, um mir selbst gerecht zu werden, meine Angst der mächtigen Kraft früher Eindrücke zuschreiben. Es gibt eine Passage bei einem meiner Lieblingsautoren, die ich dir oft vorgelesen habe und von der ich wünschte, du würdest sie im Gedächtnis behalten, da sie dir in den Ereignissen des Lebens von unendlichem Nutzen sein könnte. Sie steht bei Sturm, dessen Werke du mit so viel Gewinn und Vergnügen gelesen hast. Dieser erlesen erhabene Autor macht diese kluge Bemerkung: „Wie sehr quälen wir uns mit eitlen Ängsten, die keine andere Grundlage haben als eine ungeordnete Phantasie! Wir könnten uns viele Ängste ersparen, wenn wir uns die Mühe machen würden, die Dinge zu untersuchen, die uns Angst machen, und nach ihren natürlichen Ursachen zu suchen. Dasselbe passiert uns in Bezug auf moralische Dinge.“ Mit welcher Begeisterung streben wir nach den Gütern des Glücks, ohne zu prüfen, ob sie solche Sorgen wert sind oder uns das erhoffte Glück verschaffen können.“‘

„Daran erinnere ich mich noch gut, Papa“, sagte Caroline. „Aber erzähl uns jetzt bitte, wie Rover in dieses Haus kam.“

„Das werde ich morgen Abend tun, meine Liebe; aber es wird spät – du musst dich zurückziehen; und lass mich dich noch einmal warnen, keine Angst vor der Dunkelheit oder Kobolden zu haben. Es gibt einen guten Gott, der über Tugend und Unschuld wacht. Bete zu ihm, wenn du dich schlafen legst; lass seine Segnungen und seine Gnade deine letzten Gedanken beherrschen, und er wird nichts Böses dulden, das dir zustößt. Also gute Nacht, meine Kinder.“

KAPITEL IV.

Bedenken wir, dass Glück und Unglück selten unheilbar sind. Die Zeit kann uns trösten, das Schicksal kann sich ändern, und selbst derjenige, der sich für das unglücklichste aller Wesen hält, kann dennoch glücklich werden.

GENLIS .

Am folgenden Abend war jeder der Jugendlichen gespannt, die Fortsetzung von Rovers Abenteuern zu hören, und Fitzallan, der ihren Wünschen stets nachkommt, solange es die Schicklichkeit erlaubt, nahm seine Erzählung wieder auf.

„Theodore hatte eine gute Nachtruhe genossen und war zufrieden mit der Sicherheit seines treuen Gefolgsmannes, der in dieser Nacht fest an seinem Bett ruhte. Er wollte seine Reise nach London so früh wie möglich fortsetzen. Er stand daher auf, bevor sich irgendjemand außer den Dienstboten der Familie aufmachte, und dachte nicht daran, dass es sowohl Dankbarkeit als auch Höflichkeit erforderte, dass er sich persönlich für die Freundlichkeit bedankte, die er erfahren hatte. Als ihm dies rechtzeitig einfiel, schlenderte er lustlos von Zimmer zu Zimmer, bis er die Genugtuung hatte zu hören, dass Lord Montgomery aufstand, und bat Mr. Fitzallan um die Gunst, mit ihm zu frühstücken. Theodore antwortete höflich und wurde bald in die Wohnung des Barons gerufen.

„Der Diener meldete ihn bei seinem Herrn, und Theodore trat ein. Er schreckte jedoch mit unverhohlener Überraschung zurück, als er eine Gestalt erblickte, die ihm gut bekannt war. Montgomery, obwohl sehr erfreut über das Treffen und besser vorbereitet, besaß genügend Geistesgegenwart, um den Diener davon abzuhalten, Fitzallans Verwirrung zu bemerken. Er bedeutete ihm jedoch, sich zurückzuziehen, ergriff herzlich die Hand seines Freundes, führte ihn zu einem Stuhl und setzte sich neben ihn.

„Ich sehe Ihr Erstaunen, mein lieber Mr. Fitzallan; es ist zu groß, um es zu unterdrücken; doch ich kann auch die verschiedenen Zweifel und Vermutungen lesen, die Ihren Geist aufwühlen. Auf mein Wort, wenn nicht im Augenblick andere Emotionen meine Gefühle aufwühlen würden, könnte ich über das Porträt, das Sie jetzt zeigen, herzlich lachen.“

„Theodore betrachtete sich im gegenüberliegenden Spiegel und konnte ein Lächeln nicht unterdrücken; doch im nächsten Augenblick kehrte sein Ernst zurück, und er sah sich mit einer Mischung aus Freundlichkeit und Besorgnis um und sagte: ‚Wie soll ich das enträtseln? Ich bitte Sie, sagen Sie mir offen, ob ich mich an Lord Montgomery oder an meinen alten Freund Barnaby Shute wende?‘

„Beides, das kann ich Ihnen versichern“, erwiderte der Baron heiter. „Ich bin gestern in den Besitz eines Titels gekommen, dessen rechtmäßiger Erbe ich von Geburt an war und den ich, so hoffe ich, niemals entehren werde. Und in der Tat blicke ich von diesem Anfang an sehr positiv in die Zukunft, da er es mir ermöglicht hat, in kleinem Maße meinem ältesten Freund und Wohltäter etwas zurückzugeben.“

„Wenn meine herzlichen Glückwünsche Sie irgendwie zufriedenstellen können, so seien Sie versichert, dass sie so aufrichtig sind wie kein anderes Gefühl, das ich jemals im Herzen empfunden habe, und dass sie kaum mit meiner Neugierde zu vergleichen sind, wie es zu diesen seltsamen Vorkommnissen gekommen ist, so groß sie auch sein mag.“

„Ich werde Sie zufriedenstellen“, sagte der Baron. „Es ist eine kurze, wenn auch außergewöhnliche Geschichte.“

„Die Freundlichkeit des Herrn, dem Sie mich empfohlen haben, erstreckte sich nicht nur auf finanzielle Vorteile. Als er feststellte, dass ich einen natürlichen Wunsch nach Verbesserung hatte, scheute er keine Mühen, mir die erforderliche Unterstützung zu verschaffen, und ließ mich sogar an den Lektionen teilhaben, die er von Meistern in den verschiedenen Bereichen der Erziehung erhielt. Auf diese Weise wurde meine Situation angenehm und meine Dankbarkeit ihm gegenüber war grenzenlos. Ich liebte ihn genauso wie Sie und hegte für beide die Zuneigung eines Bruders – so groß ist die Großzügigkeit selbst für den bescheidensten Angehörigen.

Die Vorteile, die ich aus der Nachsicht meines liebenswürdigen jungen Herrn zog, waren solche, von denen ich jetzt am meisten profitieren werde. Ich beklagte mich nicht mehr über die Strenge der Natur, die mir eine so ungehobelte Gestalt gab; ich wusste die Schönheiten des Geistes besser zu schätzen und versuchte eifrig, persönliche Mängel durch jede mögliche Verbesserung der Moral und der Manieren auszugleichen. Ich wurde nicht länger als Diener betrachtet, sondern zum geschätzten Freund und Gefährten des großzügigen Mowbray.

„Eines Morgens las ich ihm beim Frühstück wie üblich die Zeitung vor, als mich die überraschende Bedeutung eines Absatzes unfähig machte, mich auf irgendetwas anderes zu konzentrieren. Lesen Sie es selbst und beurteilen Sie, was ich dabei empfunden haben muss.“

„Lord Montgomery überreichte Theodore ein Papier, auf dem er folgende Worte las: ‚Wenn ein Unglücksfall, der allgemein unter dem Beinamen Barnaby Shute bekannt ist, noch lebt und auf den dieser Absatz zutrifft, soll er sich so bald wie möglich an Mr. Melvin, Cockspur Street 46, wenden, von dem er Einzelheiten von äußerster Wichtigkeit erfahren wird, die sich auf ganz konkrete Weise auf seinen zukünftigen Lebensunterhalt beziehen.‘

„Sie können sich leicht vorstellen", fuhr Montgomery fort, „dass ich mich sofort an die in der Anzeige erwähnte Person wandte. Ich traf den Herrn zu Hause an, der mich sehr höflich empfing und mich vorab über seine Mitteilung fragte, ob ich ein besonderes Zeichen hätte, anhand dessen er sich davon überzeugen könnte, dass ich die Person sei, mit der er eine private Unterredung interessanter Art abhalten dürfe. Ich löste sofort meine Krawatte und zeigte ihm an meinem Hals die genaue Abbildung einer Weintraube purpurner Weintrauben, die so genau eingeprägt war, dass jede Beere perfekt war."

„Das reicht, Sir", sagte Mr. Melvin. „Ich bin von Ihrer Identität überzeugt. Um die Verwirrung Ihres einzigen lebenden Elternteils zu vermeiden, werde ich nun im Detail auf die Umstände eingehen, die dazu führten, dass Sie bisher nicht wussten, dass Sie der mutmaßliche Erbe eines Titels und Besitzes von nicht unerheblicher Bedeutung in diesem Land sind."

„Ich werde auf meine Ausrufe der Überraschung angesichts dieser Nachricht verzichten und mich damit begnügen, seine Worte so genau wiederzugeben, wie es mein Gedächtnis zulässt.

„Ihr Vater, Sir, heiratete sehr früh auf Drängen seiner Familie eine junge Dame, die nur sehr wenige persönliche Reize besaß. Lord Montgomery hatte zu sehr an einem ausschweifenden Leben gehangen, um plötzlich ein Hausmann zu werden; und da er keine starke Vorliebe für die Dame empfand, mit der er verheiratet war, kehrte er nach wenigen Wochen der Selbstverleugnung, in Übereinstimmung mit den von der Schicklichkeit diktierten Formen, mit gesteigerter Gier zu seinen früheren zügellosen Gefährten zurück. Unter diesen war eine Frau von berüchtigtem Ruf, die durch ihre niederträchtigen Tricks eine so vollständige Herrschaft über die Neigungen seiner Lordschaft erlangt hatte, dass sie die Macht hatte, ihn zu jeder Maßnahme zu drängen oder zu überreden, die ihre Launen oder Bedürfnisse diktierten.

„Nach etwa drei Jahren Ehe äußerte Lord Montgomery seine bitterste Unzufriedenheit darüber, dass seine Frau ihm noch keine Nachkommen geschenkt hatte. Es war sein größter Herzenswunsch, einen Erben zu haben, und die einzige Überlegung, die ihn dazu bewegen konnte, den Wünschen seiner Freunde nachzukommen. Schließlich geschah das sehnlichst erwartete Ereignis, und die Hoffnungen des Grafen wurden durch die Geburt eines männlichen Kindes erfüllt, das der ungeduldige Vater sehnsüchtig in die Arme schließen wollte. Aber wer kann seinen Ekel und sein Entsetzen in Worte fassen, als ihm ein höchst missgestaltetes und abscheuliches Kind in die Arme gelegt wurde!

„Entschuldigen Sie, Sir", bemerkte Mr. Melvin, „dass ich mich so unqualifiziert ausdrücke; es ist das einzige Linderungsmittel, das für das spätere schuldhafte Verhalten von Lord Montgomery angeboten werden kann.“ Der enttäuschte Vater erschrak, als er etwas sah, das so ganz anders war, als er es aufgrund seines väterlichen Stolzes erwartet hatte.

„Das kann nicht mein Kind sein“, rief er in unverhohlener Wut; „das ist ein Trick, eine Täuschung, mit der meine Leichtgläubigkeit ausgetrickst werden soll. Glaubt Lady Montgomery etwa, ich könne ungestraft getäuscht werden?“

„Vergeblich versicherten ihm die Amme und die Pflegerinnen, das Kind sei seins. Er rannte in einem unbeschreiblichen Zustand der Raserei aus dem Haus. Um Trost zu finden, eilte er zu seiner niederträchtigen Lieblingin, teilte ihr mit, was ihn ärgerte, und bat sie um Rat. Sie hörte ihm mit bösartiger Genugtuung zu; denn ihre Angst war grenzenlos, dass die zärtlichen Gefühle eines Vaters seine Zuneigung zu seiner Frau zurückbringen und sie von sich selbst entfremden könnten.

„Wie konnten Sie so dumm sein, zu glauben, Montgomery“, sagte sie, „dass eine so unscheinbare Frau wie Ihre Frau hübsche Kinder haben könnte? Das kleine hässliche Ding gehört Ihnen, und Sie müssen das Beste daraus machen. Die Welt wird in ihren Vermutungen zweifellos sehr wohlwollend sein.“

Der Graf war durch diese Sticheleien abgelenkt und schwor empört, dass er lieber sterben würde, als zuzulassen, dass solch ein abscheuliches kleines Wesen ihn Vater nennt.

„Nein“, rief er aus. „Ich werde nie zum Zeichen von Hohn und Spott werden.“

„Nehmen wir an, ich helfe Ihnen aus diesem Dilemma“, sagte seine schöne Beraterin lachend. „Mein Vorschlag erscheint vielleicht schwierig, aber wenn Sie entschlossen sind, das Kind nicht anzuerkennen, dann halte ich meinen Plan für bewundernswert.“

„Nennen Sie es, liebstes Geschöpf“, rief Lord Montgomery, „und ich werde Sie als den Bewahrer meiner Ehre betrachten.“

„Mein armes Mädchen Lucy hat heute Morgen unglücklicherweise oder vielleicht auch glücklicherweise einen Sohn zur Welt gebracht. Es ist ein so schönes Kind, wie man es sich nur vorstellen kann. Wenn Sie nun die Großzügigkeit hätten, dieses Kind an die Stelle desjenigen zu setzen, den Sie aufgeben wollen, würde eine anständige Summe die Mutter zweifellos dazu bewegen, ihn Ihnen zu überlassen und sie vor Not bewahren.“

„Das ist eine ausgezeichnete Idee und wird umgesetzt“, rief Montgomery aus. „Auf jeden Fall wird sie in die Tat umgesetzt.“

„So planten diese bösen Kreaturen die abscheulichsten Taten – die einen aus falscher Scham und Angst vor dem Spott der Welt, die anderen aus Habgier und Rache. So leicht verleiten schlechte Beispiele und falsche Ratschläge den schwachen Geist zur Begehung der schrecklichsten Verbrechen.

„Es war Montgomerys Fehler, sich in seiner frühesten Jugend einem schlechten Beispiel hinzugeben. In der Schule waren seine Kameraden vor allem diejenigen, die sich am meisten an boshaften Spielen und müßigen Gewohnheiten erfreuten; und diese bösartige Neigung gewann in seinen reiferen Jahren an Boden und legte den Grundstein für ein elendes Alter.

„Lord Montgomery eilte nach Hause; er bestach die Amme, damit sie geheim blieb, und schickte einen treuen Diener zu Lucy, die nicht zögerte, ihr Kind aufzugeben, und stattdessen das unglückliche, ungerecht behandelte Baby erhielt. Sobald Lady Montgomery reisen konnte, brachte seine Lordschaft sie eilig nach England, damit sie nie von der Transaktion erfuhr, und überließ es seinen niederträchtigen Verbündeten, das Beste aus ihrem Handel zu machen – denn Misstrauen ist immer ein Begleiter von Schuld, und diejenigen, die uns zu einer ungehörigen Tat verleiten, werden selbst für die Verkommensten bald zu einem Gegenstand der Angst und des Ekels.

Kaum war Lord Montgomery aus Boston fort, knüpften diese gemeine Frau und ihre Gefährtin neue Verbindungen und überließen das hilflose Kind, da sie sich des Geldes, des Preises für ihre Schurkerei, sicher waren, der karitativen Einrichtung; doch die Vergeltung schwebte über dem Haupt des fehlgeleiteten, schuldigen Montgomery. Seine Frau starb als Opfer seiner Vernachlässigung und Härte; und der gemeine Sprössling von Lucy vergalt ihm seine Fürsorge mit der schrecklichsten Undankbarkeit.

„Diese Ereignisse haben dem Grafen seine letzten Tage verbittert. Er hat erkannt, dass ein anklagendes Gewissen die Macht hat, jedes Gefühl der Freude abzutöten, und als einziges Mittel, um seinem verwundeten Geist wieder Frieden zu verschaffen, hat er sich zu diesem Akt der Gerechtigkeit entschlossen. Er hat den Verschwender, der seine Großzügigkeit missbraucht, verstoßen, er erkennt die Gerechtigkeit seiner Strafe an und hofft, Ihnen Ihr Geburtsrecht wiederzugeben, wobei er seine Schuld offen bekennt, und so Ihre Vergebung und die Gnade des beleidigten Himmels zu erlangen.“

„Sie können sich vorstellen, mein lieber Freund“, sagte Barnaby, „wie sehr mich diese Erzählung aufwühlte und welche herzliche Dankbarkeit in meiner Brust Ihnen gegenüber glühte, deren Güte mich aus solch armseliger Unbekanntheit und Unwissenheit zu einem gewissen Grad an Respektabilität erhoben hatte. Ich vergab meinem ungerechten Vater bereitwillig, obwohl ich fühlte, dass ich ihn nie respektieren könnte, und konnte es kaum erwarten, mich ihm vorzustellen, damit er sehen konnte, dass ich nicht ganz das Monster war, als das er mich bisher dargestellt hatte. Unsere Begegnung war besonders ergreifend. All mein Groll verwandelte sich in Mitleid angesichts des beklagenswerten Zustands, in dem ich ihn vorfand. Seine Demut war grenzenlos; und er starb in meinen Armen und hauchte mir die zärtlichsten Segnungen zu. Dieser Moment entschädigte mich für alles, was ich zuvor erlitten hatte. So süß sind die Gefühle kindlicher Liebe! Die Natur hat sie in ihrer vollen Kraft in unsere Brust eingepflanzt. Glücklich, glückliche Kinder seid ihr, die ihr zu euren Eltern mit gleicher Liebe und Ehrfurcht aufblicken könnt! Niemals dürft ihr Güte mit Vernachlässigung vergelten! denn selbst der unwürdige, sündige Vater verlangt Trost, Unterstützung und Mitleid von seinen eigenen leiblichen Nachkommen; und der Himmel wird dem pflichtbewussten Kind früher oder später die Gnade vergelten, die es einem alten, unglücklichen Elternteil erwiesen hat.“

„Theodore gratulierte seinem Freund mit aufrichtiger Freude und machte ihn dann mit den Einzelheiten seiner eigenen Angelegenheiten vertraut. Lord Montgomery bedauerte, dass die besondere Situation, in der er sich zu dieser Zeit befand, ihn daran hinderte, ihn in die Stadt zu begleiten, bat ihn jedoch, nicht zu versäumen, ihm so bald wie möglich zu schreiben; und bat ihn außerdem, ihm so weit entgegenzukommen, Rover bei ihm zu lassen.

„Ich habe das treue Geschöpf“, sagte er, „in dem Gasthof gefunden, in dem Sie zuletzt gewohnt haben. Er streifte von Zimmer zu Zimmer auf der Suche nach Ihnen, aber er erinnerte sich sofort an mich und zeigte jede ihm mögliche Freude. Er ist mir bereitwillig bis hierher gefolgt und hat Sie zweifellos durch seine scharfe Fährte bis zu Ihrem Zimmer verfolgt, wo er Ihnen so große Angst einjagte. Die Unsicherheit Ihrer Lage wird ihn Ihnen ziemlich lästig machen, und unabhängig von meinem eigenen Wunsch würde ich Ihnen raten, ihn hier zu lassen. Sie werden ihn haben, wann immer Sie es für angebracht halten, ihn abzuholen.“

„Theodore stimmte sofort zu und verabschiedete sich mit einer Mischung aus Schmerz und Freude von seinem Freund und seinem Hund, glücklich über die Ereignisse, die sich so kurz zuvor zugetragen hatten, doch auch besorgt über sein eigenes zukünftiges Schicksal.

„Sobald er in der Stadt ankam, begab er sich zum Haus von Sir George Norbury, wo er zu seiner unendlichen Demütigung diejenige nicht zu Gesicht bekam, derentwegen er den Besuch allein gemacht hatte. Nachdem seine Geschäfte bei der Admiralität zu seiner Zufriedenheit erledigt waren, ging er schweren Herzens an Bord des Schiffes, auf das er berufen worden war. Sie wurden für drei Jahre nach Jamaika beordert, und dort hatte Fitzallan das Glück, zum Ersten Leutnant befördert zu werden. Er bereitete sich gerade darauf vor, mit neuen Hoffnungen nach England zurückzukehren, als ein Brief von Lord Montgomery all seinen sehnlichen Erwartungen den letzten Schlag versetzte. Er lautete wie folgt:

'MEIN LIEBER FREUND,

„In einem Moment höchster Freude für mich selbst sehe ich mich der schmerzlichen Notwendigkeit gegenüber, Ihnen die traurige Nachricht vom Tod Ihres Vaters mitzuteilen. Ich weiß, dass kein Gedanke an zukünftigen Wohlstand und Unabhängigkeit Sie über dieses Ereignis hinwegtrösten wird, noch kann ich versuchen, bei dieser Gelegenheit mein Beileid auszusprechen, da die Natur ihren Lauf nehmen muss und die Gefühle des Herzens trotz aller Argumente, die Freundschaft oder Philosophie nahelegen könnten, ihren Ausdruck finden. Tatsächlich betrachte ich plausible Argumente als aufdringlich und selten als mehr als bloße alltägliche Höflichkeit; unsere Freundschaft ist zu aufrichtig, um einen solchen Anstrich zu erfordern. Ich weiß, wenn etwas die Flut der Trauer um einen verehrten Elternteil abwenden kann, dann ist es die Nachricht, dass derjenige, den Sie so lange mit Ihrer Zuneigung geehrt haben, kurz davor steht, der glücklichste aller Menschen zu werden.

„Ich glaube, ich habe Ihnen bisher einen besonderen Umstand in meinem Leben nicht erwähnt. Es war dieser: Ich hatte einmal das Glück, die schöne Tochter von Sir George Norbury vor dem Tod zu retten. Ich begleitete meinen Herrn auf einem vergnüglichen Ausflug, als das Tier, auf dem Miss Norbury ritt, Angst bekam und einen furchtbaren Abgrund hinabgestürzt wäre, wenn ich nicht mit einer verzweifelten Anstrengung seinen Weg behindert und das schöne Mädchen in meine Arme genommen hätte. Von diesem glücklichen Moment an wurde ich ein Liebling der Familie. Mit der für ihr Wesen typischen Süße schenkte mir Miss Norbury die schmeichelhafteste Aufmerksamkeit; und da ich nicht länger als Hausangestellter angesehen wurde, ließ ich unmerklich zu, dass ihr Wert mein Herz zu sehr beeindruckte, als dass ich meinen Frieden hätte machen können. Doch vergaß ich meine eigene abhängige Situation nicht und unterließ es, einen Hinweis fallen zu lassen, der meine Anmaßung hätte erkennen lassen. Die kürzlich eingetretene außergewöhnliche Veränderung meiner Aussichten hat mich ermutigt, um die Hand dieses liebenswerten Mädchens zu buhlen, und ich war mit meiner Ansprache an Sir George erfolgreich. Er scheint sogar an der Verbindung interessiert zu sein, und seine reizende Tochter hat eingewilligt, meine zu werden. Da Ihre Rückkehr nun erwartet wird, werde ich die Vorbereitungen nicht überstürzen, damit ich das zusätzliche Vergnügen Ihrer Anwesenheit haben kann. Ich gratuliere Ihnen zu Ihrer kürzlichen Beförderung und vertraue darauf, dass Sie nicht an meinem Wort zweifeln werden, wenn ich sage, dass Sie, wenn Geld oder Zinsen Ihren weiteren Aufstieg sichern können, Ihre dankbare und liebevolle

„Staunen und Sorge nahmen von Theodores Gemüt Besitz. Er war überrascht, dass Miss Norbury so bereitwillig einwilligte, Montgomery zu heiraten, und ebenso betrübt, dass sie ihm nicht länger den Vorzug gab. Er gab daher eine Antwort, in der seine Aufregung und sein Unbehagen nicht durch seine vorgetäuschten Glückwünsche verborgen werden konnten; und es dauerte nicht lange, bis Montgomery von Miss Norbury selbst die Einzelheiten der Zuneigung seines Freundes zu dieser Dame erfuhr. Sie hatte tatsächlich nie aufgehört, ihn zu schätzen; aber die Sorgfalt, die ihr Vater darauf verwendet hatte, dass sie nichts von ihm hörte oder ihn sah, war zu wirksam, als dass sie etwas über seine Gefühle erfahren konnte, und sie schrieb es der Gleichgültigkeit zu, was in Wirklichkeit das Ergebnis der Notwendigkeit war. Dankbarkeit und die Gebote eines Vaters veranlassten sie nun, Lord Montgomery ihre Hand zu versprechen; aber sie gestand ihm offen alle Einzelheiten.

„Obwohl Montgomery von ihrer Aufrichtigkeit und dem Wissen, dass er nicht das Objekt ihrer Zuneigung war, spürbar berührt war, verbarg er doch seinen Kummer und bemühte sich, ihre Gunst durch die zartesten Aufmerksamkeiten zu gewinnen.

„Als Theodore ankam, beeilte er sich, ihn mit glühender Begeisterung zu umarmen und empfand größte Qual, als er das veränderte Aussehen und die kalte Art seines einst glühenden Freundes bemerkte.

„Mein lieber Mr. Fitzallan", sagte er und tat so, als wüsste er es nicht, „wie konnte ich das Unglück haben, Sie zu beleidigen? Ich habe ungeduldig auf Ihre Rückkehr gewartet, um mein Glück zu krönen, und doch begegnen Sie mir mit bleichen Wangen und abgewandten Augen – was kann das bedeuten?"

„Lord Montgomery", sagte Theodore ernst, „drängen Sie mich nicht zu diesem Thema. Sie haben unschuldig für mein Unglück gesorgt. Aber ich hege keine Feindseligkeit Ihnen gegenüber. Und obwohl ich Ihr Glück nicht bezeugen kann, werde ich nie aufhören, dafür zu beten."

„Mein lieber, lieber Freund", rief Montgomery und warf sich in Theodores Arme, „ich weiß alles; Charlotte hat mir alles erzählt, und ich habe sie nur für mich behalten, damit ich sie Ihnen als Beweis dafür präsentieren kann, dass die Dankbarkeit in meinem Herzen nie geschlafen hat. Die Vereinbarungen sind alle getroffen; es bleibt nur noch, Ihren Namen anstelle meines einzusetzen."

„Großzügiger, zu großzügiger Montgomery!", rief Theodore aus. „Ich habe diese Güte nicht verdient."

„Viel mehr, als ich je zugeben kann", erwiderte Montgomery. „Du hast mich aus dem Staub an deine Brust gehoben. Ich habe dir nur zurückgegeben, was dir von Rechts wegen zusteht."

„Theodore war überglücklich und umarmte seinen Freund mit dankbaren Tränen; und in der süßen Freude, anderen Gutes zu tun, begründete Montgomery sein eigenes Glück. Er gab die schöne Braut weg und wurde im Laufe einiger Jahre Pate von Charlotte, Caroline und Henry, die jetzt meiner Geschichte mit so viel Ernst zuhören und die, wie ich hoffe, davon das liebenswürdige Gefühl geprägt bekommen, dass Tugend, unabhängig von persönlicher Schönheit, allein unsere Wertschätzung gebieten sollte, da das Missgestalteteste und Abscheulichste ein wertvolleres Herz besitzen kann als das, das in der schönsten Außenwelt eingeschlossen ist."

ENDE.